普段

Suzuki Shigeo

鈴木しげを句集

ふらんす堂

目次

句集　普段

木斛の花

平成二十六年

初山のこゑのひよどり矢継早

雪の日の白菜鍋や誕生日

芹の香や日々のあかしの友二の句

掛けてあり雛の句は五所平之助

金縷梅の山へハンドル切りにけり

三畳のわれの城あり雛の家

花伝書に曰稽古や日の永き

菜飯食べ兀兀ゆくに如くはなし

泡一つ二つ田螺のつぶやきか

リラの雨図書館の日を図書館に

シャツの袖折れば五月の来りけり

麻布　曹渓寺

緑さす墓は寺坂吉右衛門

あやめぐさ先生の喪の明けてをり

大阿蘇の振舞水に与りぬ

トロッコ列車植田の際に停りけり

山清水庵結んでみたかりき

鑑真忌瓊花の白をまなうらに

ペン抛げてさて冷麦にいたさむや

鎌倉　深瀬邸へ

岐れ路右へ日傘や吾も右へ

めうが鮓銀座に出でて夜空あり

木斛の花ははの名は三重といふ

深大寺本坊に賜ぶ冷茶かな

川崎は祖母のうぶすな穴子飯

かなかなのもう鳴いてゐる木の枕

短冊は時彦の句や鱧の皮

鶴岐阜句会十周年記念句会　関にて

鮎雑炊佐藤をさむに隣りけり

麻のれん鵜匠岩佐とありにけり

鵜篝の加速のつきし火の粉かな

広瀬惟然墓所

笠墳へ飛んでかねつけとんぼかな

硯洗ふ亡き師の分も洗ひけり

あつあつの冬瓜の餡も乙なもの

甲州笛吹市にて深見けん二氏にはじめてお目にかかる

秋澄むや山盧を訪ひし杖たふと

小椿居毀つはなしや鰯雲

それから旬日

なにもかも露の木賊もなかりけり

曽祖父のころも氏子や生姜市

全国鍛錬会　青森　三句

小鳥来るあすはひのきとなる木かな

小祠はおしらさまなり野紺菊

卓にあり陸奥新報と紅玉と

とんぶりや「ぼるが」はいまも酒場にて

萩刈のすみたる句座にまかりけり

栗むいて兄弟子一吐亡かりけり

樹木葬などもよからむ一位の実

人称んでへうたん屋敷さう思ふ

渋谷吟行　沙羅書店跡を尋ぬ

欅みちとんびの友二来るごとし

波郷先生逝きて四十五年

綿虫といひ茫々といふべかり

せきれいのつがひの白や惜命忌

焼藷を分けて夜学の頃のこと

冬星の北辰ひたと宿りけり

葱焼いて老年の父知らざりき

葡萄榾

平成二十七年

手毬唄八つ谷原の師は在らず

長崎へこころぽつぺん吹きにけり

千早振るかるた取られてしまひけり

鳰の水妻との時をたいせつに

まむしやは蝮碾きをり寒詣

葡萄榾くべては星を語りけり

料峭のキャラメルをまた嚙んで了ふ

ティファニーの箱の中より花の種

深大寺ビールもあるぞ花筵

春深し臍の緒どこにしまひしや

奈良　宇陀

人丸の阿騎野の雉に鳴かれけり

商人町宇陀の古道や夏つばめ

日と月と菩薩の在す竹落葉

麥丘人先生三回忌

芭蕉玉解く黙契といふことを

鍛錬会　長崎　三句

あぢさゐのはじめの白を浦上に

短夜の夢に南蛮屏風かな

旅にして青葉の雨やブックカフェ

泥鰌鍋木場も石場もありとのみ

虫干や志功板画の波郷の句

墓山やここだに裂けて椿の実

秋涼やアイロン掛けの妻の肘

きつつきや旧島々の木の駅舎

乗鞍の風のつめたき花野かな

手の窪にのせて糸底涼新た

杼が二つ使はずにあり秋の宿

うつばりの擲り仕上やとろろ汁

釦付けならば出来るよつづれさせ

爽やかや神輿に蹤いて二丁ほど

アングラか皂莢あまた垂れたるは

全国鍛錬会　奈良　五句

青丹よし奈良の菊月二十日かな

その夜祝賀、南都楽所の伎楽ありて

竜笛にはじまる秋の夜なりけり

餅飯殿刈上げ餅を搗いてをり

藤散るや三鬼がわたす米袋　波郷

日吉館ありしむかしよ古都の秋

只管は歩くことなり柿の秋

唐辛子とんがらし風吹いてをり

帰り花一書見せたき師は亡くて

句集『初時雨』上梓

木に樂と書いてくぬぎや初時雨

渋谷宮益御嶽神社

狼は大神なりき冬椿

十夜鉦夕づつひとつ茶畑に

同人研修会　川越

冬晴や集ひて同じこころざし

蔵の町歩けば水に石蕗の影

舟みちや十一月の菜が咲いて

巾着の唐桟織や小六月

小机や妻の膝掛借りもして

一茶忌の草鞋日和と言ひつべし

日溜りや臼のしまひの絡み餅

春の雪

平成二十八年

恵方みち巽とあらば行つてみむ

日当りぬ書初の子の膝がしら

人日の火の熾しある霰釜

諸粥や妻にもありて力こぶ

鳴り出でて小楢の風や寒施行

斑雪村山猫軒のあるやうな

丹田の息をゆたかに牡丹の芽

波郷筆初心の二字や春の雪

きんくろは少しいぢわる春の鴨

声に出てみんな青畝の寝釈迦の句

花眼なりまして涅槃図冥ければ
水の面に空のときいろ鳥の恋

府中国衙跡

草芳し出土の硯思ふとき

「鶴」八五〇号祝賀会　京都

一誌はも齢たふとし竹の秋

京なれば雨の日もよし蕨もち

六道の辻のポストや養花天

橋朧空也の鉦の来るやうな

栄西の寺の茶園の一番茶

そば殻を足して枕や昭和の日

妻とあり朝顔の苗提げながら

やや暑しややや忙しくしてをりぬ

かなぶんのぶつかつてきし聖書かな

遅筆なり蠅虎にあそばれて

風吹いてかるの子の列たわみけり

いちまいの水に片白草の影

灯涼し籠にワインのコルク溜め

茶畑のあきつの空となりにけり

筆に腰さうめんに腰秋はじめ

武蔵野小金井吟行　三句

聖ヨハネホスピスそこに草の花

太祇忌の雨の野萩となりにけり

物を書くうしろがひろし秋の昼

跳ねてゐる蝗の袋持たさるる

柚餅子など焙りて聴かむ山の音

地虫鳴く書付消して灯を消して

全国鍛錬会　名古屋　四句

鳥渡る翁が筆の塚一つ

菊月や受けて熱田の勝守

爽やかや白手拭の豆絞り

納屋橋の西の楝の実なりけり

柿一つ腹に納めてからのこと

芭蕉記念館にて

わらんぢも長途の笠も冬隣

菊炭の熾こしてありぬ文化の日

雲もなし冬鳥こゑを切りむすび

まぼろしの唐錦柿や風鶴忌

鬱の字は二十九画漱石忌

鳥飛んで風の切つ先冬木の芽

襟巻や清瀬にほむら富士を見て

七十も半ばとなるぞ葱焼いて

あみだくじ鯛焼買ひに行くことに

十一面さんの在所の赤蕪

千樹亡し羽子板市の浅草に

柿若葉

平成二十九年

年玉や賜びて熊野の梛守

若井汲む杉のまへ山うしろ山

松過やみづのあふみのすずめ焼

みづき句会　三〇〇回

水仙や上梓うれしき小句集

一眼レフ寒の翡翠捉へしや

御櫃よりいただく飯や冬木宿

冬深し利腕に鍼打つといふ

書かざれば只のペーパー初音まだ

繰り出して涅槃の雪やあふちの木

風出でぬ辛夷の幣をしぼりては

春窮のかんころ餅をあぶりけり

ゆく春の阿修羅の泪袋かな

水湧いてをり三槲咲いてをり

臼がありり万力がありり柿若葉

卯の花や堰口解けば水こだま

五月二十日麥丘人忌追善句会

新茶あり素甘も二つありにけり

星野家のカレーなつかし聖五月

緑さす封書の緘の麥の文字

鍛錬会　鹿児島

連衆や手ごとに島の枇杷むいて

鹿児島市立美術館

はつなつやチュチュの乙女の由子の絵

肥薩線嘉例川駅にて

竹皮の駅弁うれし山若葉

ででむしや家を空くれば文の嵩

父よりの下戸に候ふはじき豆

麦飯を食ひ美学とも詩学とも

雨の日は粗朶火絶やさず鮎の宿

夏菊のあさぎに雨や姑の家

葬頭河の婆にも水や蟬しぐれ

普羅忌なり葛打つ雨に目覚めては

俟つほどに出でて冬瓜の冷し物

朝鳥のこゑ拾ひゆく展墓かな

アンニュイはアンニュイ同士秋昼寝

秋涼し小筆にさらふいろはうた

「鶴」創刊八〇年

連衆の端に吾もあり椿の実

すいつちよや籠に丸めて書き損じ

降りぐせの又ふり出すか油点草

泣相撲をがたまの木の日溜りに

をなもみやけふ又あめの雨をとこ

画狂北斎一期九十天の川

全国鍛錬会　札幌

あたため酒海峡越えし顔そろふ

秋興の泥の木を二度まはりけり

燈火親し北の旅路の友二の句

雨つぶてなほ打つ北の烏頭

「初蝶」四〇〇号に寄す

加賀和男和子のか音爽やかに

傘さして歩けば傘に櫟の実

せきれいや根川矢川と合ふところ

柿むいて柿の日などもありてよし

押し戻しくる新藁の嵩なりき

同人研修会　岡山　四句

冬晴の吉備のふるみち歩くべし

冬菊挿さむ花入れの銘『旅枕』

吉備津宮

鳴釜の神の火見たり冬紅葉

弓道部総勢二十冬木の芽

綿入を被て道にをり小火騒ぎ

湯ざめせり虎かんむりに拘りて

瓢長者

平成三十年

おうおうといやおうおうと初鼓

息災やどんどの尉を胸にとめ

日脚伸ぶ駅の広場にケーナの音

腰あげて雪掻く音に加はりぬ

友二忌やビターショコラの一かけら

小林篤子句集『貝母』に寄す

亡き母に捧ぐる歌よ梅つばき

荒凡夫兜太は逝けり梅真白

中川船番所跡にて

そのむかし塩の行徳春の雁

鉄砲組鉄砲坂や沈丁花

さへづりや山桑の木の岐れみち

花種蒔く妻に傅く日なりけり

いにしへのもがりの山のさくらかな

箸置はさざえの蓋や焼さざえ

改ざんの竄(ざん)の字黄砂降りにけり

田螺鳴く利息が二円付いてをり

抹茶碾く臼の手回し夏はじめ

貌二つ寄せて雀や蕗の雨

ハンカチはもとより白よ楡の道

石垣はブラフ積なり薔薇の家

鍛錬会　長崎　三句

喉仏よろこぶ枇杷をすすりけり

長崎にトルコライスや夏の雲

大浦のマリアと雨のかたつむり

優曇華や雨のふる日は文書いて

麦秋の禾の触れ合ふ音なりき

ででむしや一日一句けふは二句

簡にして素なる夏菊切りにけり

糧うどん打つてをりけり柿若葉

片口にぐらりと酒や祭笛

六月の風はしろがねポプラの木

ラジオいま「昼のいこい」や袋掛

秩父　慈眼寺

六月の六角輪廻まはしけり

寄棟の長瀞駅や夏つばめ

前山にさしのぼる日や鮎の宿

如露ふつて日日草や誰も病むな

「一本の鉛筆」の歌八月来

秋暑しこめかみ恙なかりけり

踊笠おとがひ仄とうかび過ぐ

チェンバロがあり教会の秋の昼

ひょんの木といへば五秋や小鳥来る

瓢長者ふくべのほかはなかりけり

やまひめをたぐるに力足らざりき

栗むいてをり妻の影われの影

麥丘人師に「破蓮にこだはることを君やめよ」の句あれば

然はあれどまた破蓮にこころかな

小澤實氏にこたふ

爽かやありて波郷にふどしの句

實篤の南瓜とハロウィンの南瓜

炉話のかたはらにありややこ籠

枯野駅会津へ鉄路二本かな

箱にまだキャラメル三個冬の旅

北限のみかん旅路は北へなほ

波郷先生五十回忌

波郷忌の落葉かの日もかく踏みき

初霜やいよよ緋いろの箒草

波郷選風切一句龍の玉

夜鳴蕎麦半蔵門がすぐそこに

黙契の詩歌の道よ霜の花

大石悦子「師資相承」を語る

波郷記念館にてわが文にあふ

年の暮宛名は石田あき子かな

一の字に反りて鰤焼かれけり

水の秋

平成三十一年・令和元年

初春やござるござると太郎冠者

羽子一つ恩寵のごとてのひらに

竹馬に乗れて七十七のぢぢ

追羽子や妻息災の息あてて

誕辰の豆餅食うべむつみ月

切支丹ころび坂とよ春寒き

美田などもとよりあらず田螺鳴く

雛あられテレビに石田あき子の句

桑の根を焦がして畦火すすみけり

治聾酒に染まりて男古りにけり

旧道に長(をさ)の家あり菊根分

春昼や廻して搬ぶガスボンベ

朝顔を蒔いて初心にかへりけり

昼月のやがて夕月桃花村

さつきとは違ふ子猫のあらはれし

茶杓にも櫂てふところ春惜しむ

植樹祭令和と記してありにけり

麥丘人先生七回忌

からす麦海の朝日のましぐらに

芭蕉玉解く師の忌ななとせ何為せし

麦秋の一穂ぬすみ旅にあり

黴の香やカールマルクス書架の隅

五十年なぞは束の間滝の前

伯耆大山行　三句

大山寺裏のいしみち草清水

実を付けてをり青梅雨の油桐

ぶなやまの水こそよけれ夏祓

リストバンド付ければ患者梅雨寒き

梅雨夕焼点滴棒につながれて

七月二十六日、幽霊の日とや

いうれいにならで朝蟬聴いてをり

土用餅声にちからの戻りけり

いつも未完の渋谷の街の秋暑かな

千金の朝の雨とよ大根蒔く

ゆめあるな露草を踏む軍靴の世

花豆が水に浸けあり震災忌

柝が入りて神輿昇かるる秋日和

秋出水夕日無惨に差しにけり

ぎす鳴いて水禍のあとの柱かな

全国鍛錬会　大垣

南いせくわなへ十里水の秋

風狂の惟然の柿を食ふべきか

大垣につかふ名残の扇かな

いや深しせんだんの実の青空は

五六人僧出て葛を引いてをり

武蔵野のすつ飛び雲や唐辛子

波郷没後50年展ギャラリートーク

文化の日一子修大に隣りけり

神田「ランチョン」創業一一〇年

牡蠣にレモンビールの友二在すかに

同人研修会　高知　四句

雨をとこ返上土佐の冬雲雀

よさこいの土佐の夜空や薬喰

船みちやずずこの枯れのつややかに

冬晴や城の追手に楝の木

十二月八日波郷の砂町に

葱あましもう暫くは働くか

深川にかち栗買へり年忘

風鶴忌

令和二年

初硯龜の正字をくづさずに
七十も八となりしよ独楽澄みて

知恵の出る小槌が欲しよ冬籠

凧揚げの昼めし摂りに戻りけり

木のことば鳥のことばやむつみ月

新型コロナめ

地虫出づはて仕事なし句座もなし

菜飯一椀父の忌の膝正しては

白妙の独活に緋いろのさすところ

沙汰止みの京への旅や西行忌

茶畑のいつもの道や卒業歌

紺夜空白もくれんは帆の如し

春眠の足りて何処ゆくあてもなし

ともかくも机に膝や目借時

家居よし鯛釣草にかがみては

春興の硯ひらいてみたりけり

ゆく春や外出叶はぬ肩かばん

徒もよしげんげんの野に遇へるなら

文書けばふみの来てをり窓若葉

新茶汲む不断てふ語を胸ふかく

「鶴」九〇〇号

九はまた一に返りぬ更衣

夕かぜの鰺のひらきを二枚かな

こぬか雨浮巣に三つ動くもの

訃よ来るな急告げ鳴きのかつこ鳥

蓮見勝朗さんを悼む

句座いつも左に君の扇かな

青柿の寡黙のかたちかと思ふ

落し文いざ鎌倉のいくさみち

梅雨茸蹴つて無聊をかこちけり

句座一つ叶ひてうれしねぶの花

波郷筆「悲母鈔」に風入るるなり

夜干梅百の一粒づつの出来

界隈の盆唄もなき夜空かな

まだ戦後いつまで戦後花カンナ

渡りゆく日の烈しさよ花臭木

検温の音に気付かず秋小寒

膝打ってさて策もなし秋扇

多摩杉の山のふところ新豆腐

句座に出づ秋思のブルーインクかな

蓑虫と水かげろふを共にせり

真弓の実黙契に色ありとせば

手押井戸きこきこ汲んで菊畑

新米の袋立てある框かな

ゆく水ややかりがね草の一ところ

シスターも出て蔓たぐりしてをりぬ

文挟みの鳥のかたちや文化の日

膝突きて冬菜洗へりはけの水

磯宮は乙姫なりき石蕗咲いて

都鳥少年の日の跳ね橋よ

母の忌の新海苔の帯解きにけり

夫婦して訪ふ泉あり風鶴忌

蜜柑むく自粛老人とはわれか

いてふ散る鉱力のアートフェスティバル

湧水に真竹浸けあり十二月

冬の日の臼が据われればあたたかし

深大寺除夜の榾火に与りぬ

辛夷の芽

令和三年

淑気満つ甲骨文の「祈」の字

七十も終りの九の初景色

すず菜洗ふここ小平の鈴木町

寒餅を焼いて籠城めく日かな

麺麭がもう尽きてしまへり寒土用

道ふさぎ来る猪打の五六人

日陰より日向に出でぬ鴛鴦の沓

音に出て風のさざなみ冬柏

涅槃図の後ろの茶の間灯りをり

籠居や窓のひがしに辛夷の芽

水温む拝み洗ひの普段箸

蝌蚪の陣その渾沌を覗きけり

鳥語より人語やはらか花御堂

椿落つ警策音のしたるあと

水草生ふ歩かねば句も授からず

げんげ野の夢に善財童子かな

つばくらや今は名のみの潮見坂

燕くるいまも神田に羅紗の店

パンの日とあり春窮のパン買ひに

原つぱの土管に雨や昭和の日

家路ありみかんの花の夕風に

旅したし麦の穂立ちを胸の辺に

紙カツにビール歓語はいつの日ぞ

浮いて来い打坐即刻の連衆よ

梅雨兆す壁に鍼灸経絡図

きつね塚片白草のほとり過ぎ

ぶつかつてまた死にまねの黄金虫

蟬の穴十王在すところまで

緑蔭より緑蔭へ水渡りけり

天竺と父は言ひしよダリヤ濃し

露涼し摘んで小分けのモロヘイヤ

たまきはる声の秋蟬非核の火

珈琲にざらめ一匙終戦日

葛の花便り一葉いもうとに

桃の実は白鳳となむ釈迦牟尼に
無患子の実の置いてある机かな

ごつごつとぶつかる胡桃晒しけり

初風の息子バイクで来りけり

緩くなりぬ瓢の尻の雨しづく

栗飯やみんなといふも三人にて

立合ひが大事相撲も俳諧も

観音の湖北へこころ草の花

あきつ飛ぶ棚田の空へ空へかな

肩二つ容るるほどなり萩のみち

自問して自答出て来ず秋の暮

六本木ヒルズがそこに曼珠沙華

扇置くやうに小三治逝きしかな

ごんごんと没日は海へ一遍忌

ずんと冷ゆ雨の清瀬の野紺菊

句座ありて一番乗りや秋澄む日

菊畑へだてて会釈交しけり

好日や歩けば裾にゐのこづち

松原の先のしらなみ神の旅

鳰のこゑ折々そんな書斎欲し

冬紅葉世阿弥の老の花かとも

顔見世のあな吉右衛門欠けたるよ

落葉踏む清瀬に来れば清瀬の香

金時といふは人参病むまいぞ

あとがき

俳誌「鶴」を星野麥丘人主宰から継承して十一年の月日が経とうとしている。前句集の刊行からも八年が過ぎてしまった。まこと歳月人を待たずである。もう少し早く一集を出すつもりであったが何となく忙しさに紛れて延びてしまった。この三年ほどのコロナ禍のこともある。俳句会もまともに開けず愉しまぬ日々も多かった。

『普段』はぼくの第六句集になる。作品年代は平成二十六年から令和三年までの八年間である。この間の発表句およそ一千三百句の中から三分の一を自選して本集とした。齢も七十代から八十代になろうとしている。それ相応の俳句が生み出されていれば幸いと思う。二十歳の頃、病によって得た俳句であるが、そこから六十年という歳月を俳句と共に歩んでくることが出来た。句集『普段』

はコロナ禍にあっていかに普通のことが大切であるかということを心にとどめておきたい、そんな気持から題名とした。

われわれの「鶴」誌は今年八月に創刊九五〇号を迎える。顧みて自分は石田波郷、石塚友二、星野麥丘人に見えて句作精進を重ねてきた。こんな幸せはない。才は三師に及ぶべくもないが、これからも自分なりに句作の道を励んでまいりたい。

句集刊行の約束をしてから三年も待たせてしまったが、上梓にあたってはふらんす堂の皆さまにお世話になった。記して感謝を申しあげる次第である。

令和六年一月

鈴木しげを

著者略歴

鈴木しげを（すずき・しげお）

昭和17年（1942）　東京都に生まれる。
昭和39年（1963）「鶴」入会。以後、石田波郷、石塚友二、星野麥丘人に師事。
昭和54年（1979）「風切賞」受賞。
平成元年（1989）「鶴俳句賞」受賞。
平成25年（2013）「鶴」主宰継承。

句集に『並欅』（昭和56年）、『踏青』（昭和63年）、『小満』（平成8年）、『自註鈴木しげを集』（平成12年）、『山法師』（平成19年）、『初時雨』（平成27年）。

現在、公益社団法人俳人協会名誉会員、日本文藝家協会会員。

現住所　〒185-0005 東京都国分寺市並木町1-21-37

句集　普段　ふだん

鶴叢書　第二六〇篇

二〇二四年五月二一日第一刷

定価＝本体二八〇〇円＋税

●著者――鈴木しげを

●発行者――山岡喜美子

●発行所――ふらんす堂

〒一八二―〇〇〇二東京都調布市仙川町一―一五―三八―二F

TEL　〇三・三三二六・九〇六一　FAX　〇三・三三二六・六九一九

ホームページ　https://furansudo.com/　E-mail　info@furansudo.com

●装幀――君嶋真理子

●印刷――日本ハイコム株式会社

●製本――株式会社松岳社

落丁・乱丁本はお取替えいたします。

ISBN978-4-7814-1649-6 C0092 ¥2800E